KB140480

沈流掌篇
침 류 장 편

김광자 시집

도서출판
작가마을

沈流掌篇

초판인쇄 | 2017년 8월 25일 **초판발행** | 2017년 8월 30일
지은이 | 김광자 **주간** | 배재경 **펴낸이** | 배재도 **펴낸곳** | 도서출판 작가마을
등 록 | 2002년 8월 29일(제 2002-000012호)
주 소 | 부산광역시 중구 대청로 141번길 15-1 대륙빌딩 301호
T. 051)248-4145, 2598 F. 051)248-0723 E. seepoet@hanmail.net

국립중앙도서관 출판예정도서목록(CIP)

침류장편 : 김광자 시집 / 지은이: 김광자. — 부산 : 작가마을, 2017
p. ; cm

한자표제: 沈流掌篇
ISBN 979-11-5606-077-2 03810 : ₩10000

한국 현대시[韓國現代詩]
811.7-KDC6
895.715-DDC23 CIP2017022138

부산문화재단
BUSAN CULTURAL FOUNDATION

본 도서는 부산광역시, 부산문화재단 지역문화예술특성화사업으로 지원을 받았습니다.

--늙은 귀
흐르는 물에 귀를 베고
세월을 듣는다

아 - 다시는 못 올
지금 이 시간,

-「침류장편 - 물베개」

▪▪▪ 시인의 말

가끔 일상이 싫어 질 때가 많다.

시를 짓는 골몰을 방해하기 때문이다. 산다는 생활에서 행복을 느낄 때 이를 터부시 하는 연습을 한다. 시를 짓는 골몰에서 고통은 따르지만 행복보다는 '즐거움'이 더 값지다는 비중에서이다.

이 즐거움 외에는 다른 일상은 귀찮을 뿐 아니라 무익無益, 비생산적 하루였음을 깨닫는다. 시를 끼니마다 밥이라는 것을 생활에서 잊는다면 창작도 사장死藏 될 수밖에 없는 위험이 아닌가 생각된다. 詩란 늙지 않는 청춘, 이 젊음에 파고드는 몰입의 과정에서 삶의 보람을 가지는 순간이 시인으로서 체득하는 즐거움 때문이다. 체득에서 기쁨을 끽喫해 온 요즘 시는 자주 서쪽으로 시인을 밀어 세우는 게 아닌가. 뿐만 아니라 노을이 되게 하다가 태워버리기도 한다. 무심했던 노을과 뒤돌아보기-

돌아보기는 거울로 빛, 반사되어 숨김없이 비춰지는 것이다. 빛들로 인해 자연을 깨칠 때 불안초조가 동반 한다.

아직 詩의 경지에 들려면 창창한 길인데 이 경작지를 두고 어느 날?……

과민해지는 불면의 밤 흐르는 물소리에 귀를 베고 세상살이 듣는다. 시냇물 속에 자갈, 물, 베개를 여울 속으로 나를 뉘여 본다. 흐름의 여운에서 파란만장한 세월이 소리로 흐르고 흐름이란 손바닥에 쥐었다 놓고 가는 것–

쥐었다 흘려버릴 수 없다는 착상과 서산 해넘이도 짤막, 순간이란 영감에서– 詩, 장편掌篇들을 잡아『침류장편枕流掌篇』을 제목으로 펼쳤다. 산통의 삶에서 값진 즐거움의 맛, 시인이라 새긴다.

끝으로 언젠가는 해설을 받고 싶었던 채수영 교수님께서(문학박사) 흔쾌히 해설을 맡아주셔서 시 짓기는 '즐거움'이란 고마움을 또 새긴다.

2017년 막여름
와우산재齋, 카페
雪津 김광자

김광자 시집

• 차례

2부

김광사 시집

3부

4부

제1부

서산落日

저녁밥상을 덮는 가을 빛

기러기 떼 등에 업혀 잉걸불 끊는 낙조

들바람에 씻기우는 철써기* 청아한 울음
노을을 치받고

추정秋情이 밀어올린 황진이* 꽃대에
푸지게도 매달린 씨낭이* 쩍 벌린 가을

석양천夕陽天 바라보니
서산에 물드는 황홀한 구름
내 그 날도 찬란했으면-.

*철써기 : 여치과의 곤충
*황진이 : 국화과 꽃 이름.(국화의 일종으로 9,10월에 피며 원산지는 일본, 중국)
*씨낭(種囊)이 : 씨앗 주머니.

우리들 이별 뜨겁게

애끓는 삶 한 삽 푹 떴다
하관에 퍽! 떨어진다
다 살지 못한 생애를 채우기 위해
흙으로 돌아간다
한세상 모두 울어버리지 못한게 서럽고
눈물은 강으로 흐르지 못하여 흐르고 흘러
땅속을 하관한다
깨어진 사금파리 흰 눈자위 뜨고
이렇게 돌아갈 곳 있으니
저 세상 입적하는 토신제 바라보는
눈빛이 여직도 푸르다
마지막 비추는 햇살이 입적자리 개토 속을
빛 바르면 억척이던 시간이 문을 닫는다
초앳꽃 갈바람 깔고 누워
할미꽃이 채 되지못한 비명을 앞세운 만장輓帳
피지 못한 계절을 읽는다
우리들 이런 건가 –
하늘만의 수수께끼
사랑하자! 뜨겁게! 한번 뿐인 이것을
애끓던 삶 꾹꾹 밟는다.

옥탑방 달빛

썰렁한 마당
환한 비움이 넉넉한 달빛 집
그 아이 태어나
멍석 깔아 달을 안고 뒹굴던 마당
떠돌이 대처에서
서울 외곽지에서
벽돌 벽 골목을 돌고 돌아 오른
옥탑방 창에서
오랜 빈집을 지켜 온 무성한 망향

수수울타리 아래 쪼롬이 앉아 소꿉장난하던
꽁지머리 땋은 가시내랑* 각시파랭이꽃
애기똥풀꽃이 날 보고 싶어
사무치는 옥탑방 창에
예전 그 달빛
날 데리러 예까지 와 비추네.

*가시내: 여자아이(경상도 사투리)

산 노을

역방향 빈 가족석을 차지했다
하행선을 탔는데
기차 칸칸을 등짝에 붙이고
북쪽으로 역행하는 힘이
차창 밖으로 6·25 동란을 끌어냈다

'아산이 무너지나 평택이 깨어지나' 하는 그 사이로
따발총 불 뚜껑이 이마에 떨어지고
담임선생이 인민군 총살에 피살이 튕기는 걸
사팔뜨기 눈, 훔쳐보고
자매를 업고 걸리던 여덟 살배기

옹기가마 속에 숨소리 까맣게 숨긴 체
피난길 소리 내어 함께 훌쩍이던
석탄차 기적동무와
살구꽃 복숭아꽃을 처음 보았던
합덕초등학교* 그늘 생각이
당진 놀은 눈에서 붉다

걸리던 맏동생 '영자'를 자국눈 땅에 묻고

스프링코트에 눈물을 껴입던 아버지의

저– 쪽 서산도 눈 붉게 탄다.

*합덕초등학교: 충남 당진군 소재지의 한 시골 초등학교.

산에 웁니다

여기, 북녘 가는 까마귀는 울어
눈꽃송이 날리는데
산등을 타고 재를 넘는
눈설레소리* 광야로
둥지추운 솔부엉이 상고대에
홍채눈알을 굴리며 쮸리-쮸-리
박달나무 군락 산이 춥게 웁니다

세속을 씻어대는 알몸뚱이 나목들
못 다 울려본 풍금소리 귀뿔에 달고
짧은 해 그림자 야위는 산허리에
고해번뇌 남은 바람을 잡고
사람처럼 잉-잉 웁니다

북녘 하늘 날다만 까마귀도 그래서
나처럼 우는가 봅니다.

*눈설레소리:눈과 함께 찬바람 몰아치는 소리.

大寒 밤

시 쓰기는
정강뼈 관절을 갈아 끼우는 이식이다
혼신의 힘으로 긁다
절명絶命해 본들 장례식도 없는
펜 한 자루 매달린 펜촉 끝
끝이 없어라
누가 알랴
한 세상 이정표는 못됐지만
詩라는 등불 바라보고
동침하는 펜촉 끝의 나는 광대
우습지도 않는 기쁨
원고 장에 활시위 얹어 사활을 거는
서글프다 – 고난이다
홀로임에 박수 쳐주는 대한大寒의 야밤
뭘 알았는지 갈채를 보내주는 소란한 별밭
아– 저것이 詩였구나
기어코
대한大寒 밤은 시인의 기쁨!

裸木을 추억함

나목이 체읍하는 벌판에서
계절에 입적한 설일雪日을 맞는다

증오를 지워버린 자국 밖의 자국들
용서로 덮어버린 눈벌판에
바람은 아무렇게나 몸져누웠다
고백이란
구애처럼 하늘무릎 꿇는 고해성사일까
나목은 하얀 수의를 입은 사형수의 모습
아귀의 강풍에 칼집 맞은 성엣장 상처를
눈뭉치 집어 바르며
봄 마중을 손사래치는 모양새를 본다

얼어버린 빗물이 지상을 내려앉을 때
진실의 말귀는 막막했다
그렇지만 당신께 말하지 않아도
이미 하늘은 알아 세상으로 내린
이 참의 말씀들
몇 백 년 울어 버린 내 눈물의 씨앗들이

산 밖이 된 고사목을 읽는다

애먼 눈발이 아닌
그저 할 일 없어 내려온 설일雪日은 아닌성싶다
시샘하는 구린내 태운 재 하얗게 날리고
문학의 빛 시인의 향기 데리고 하강하는 힘찬
설편이 날리는 雪日의 나이
언어를 깨치지 못한 입술들일랑 떨쳐버릴
칠순 반, 평생
해지는 구름 황혼 물드는 저 하늬녘* 마주서서
나도 냇둑가에서
겨울입적을 기다린다.

*하늬녘 : 서녘, 해지는쪽.

떠도는 無名島 전설

이제는 잊힐리만 귀소성歸巢性 떠돈다

섬바위 험한 산삐알이 넘어질 듯 기운 집
부모가 어느 때 살았는지 난 섬으로 태어났다
파도가 키를 높여 벼랑을 때릴 때
굉음과 백파가 섬바위를 덮쳐
해송의 뿌리 뿌다귀를 잡고 바위 꼭대기까지
염소 뜀뛰길 무서움 쌓던 곳

학교에 갈 일곱 살이 되어서야
가족이 봇짐을 싸 뗏배로* 뭍에 닿았을 때
비로소 유년은 섬이었다는 걸 잊히지 않았다
섬을 떠난 어느 날개인 날
등하굣길에서
거기가 살던 곳이었나 싶어 바라다보면
알사탕만한 점박이로 가물가물한 섬바위
망둥이물고기처럼 자랐던 안태고향
어린 마음에 눈시울 씻는 소맷자락에서
얼룩은 섬바위를 그리곤 했다

배가 아니면 오도 가도 못하고
새가 아니면 뜰 수 없어 섬잠에서 새가되고
귀웅배*가 되어보던 둥지
대처살이 골골이 이삿짐을 풀고 묶을 때마다
버리고 온 섬집으로 돌아가 잠이 들었다

뱃사람이 되기를 석십년*지나
그 벼랑 쇠금성소리 물결을 찾는
항해도를 펼치면
아예 주소조차 없었던, 이름조차 없는 무인도
내 조상은 유배일까 귀양살이던가
독도만한
바다 복판을 차지한 하늘 한가운데의 기억

동무하나 없는 달랑 오누이 뿐이던
섬 이름조차 몰라 그저
'내 섬' '누나 섬'으로
서로 가져 부르던 섬바위

갑판에 올라 망원렌즈 훑어 찾는다

그 어디에도 망둥이 뛰는 섬은 없다
수숫대 꺾어 지나치는 외항선 기적을
붕-붕 휘젓던 섬 비탈 그 아이를 부른다
무인도가 된 나를 싣고
잃어버린 무명도를 찾는 항해사
섬바위 찾아 그 바다를 오르고 또 오른다.

*뗏배 : 뗏목을 걸어 만든 배.
*귀웅배 : 통나무를 파서 만든 원시적 배.
*석십년 : 삼십년 이란 표현.

시인 크리스마스

고요한 밤 거룩한 밤
시인에겐 항상 크리스마스

날마다 어둠에 묻히는 밤
시인을 앉히는
책걸상에게 감사하는 크리스마스

밤마다 시를 쓰는 크리스마스
언제
나의 캐롤송은 울릴까

매년 한 번뿐인 크리스마스
하마나–
산타크로스 할아버지에게 선물 할
시는 언제일까.

조각달 깎기

마디마다 백합꽃 피네
하얀 미소를 짓는 건강한 각질

고개 숙일 때 마다 흐뭇하게
눈에 닿는 즐거움
미소 껍질 밑이 분홍이라야
내 위장, 장기가 싱싱하다는 메시지

온갖 궂은 일 손가락질 안간데 없이
함께한 애환살이 아무 불평없다, 덮였다
아등바등 좌판떼기 파시를 접고
얼룩으로 눈물진 삶의 내 모양새 차근차근
다듬어 군말 없이 밀어낸 후덕한 얼굴
슬픈미소일랑 털고 깎아낸다
아픔 없이 떨어져나가며 미소 짓는 백합꽃 잎
열손 마디 곱게 피어 구정물 속
백자향기 돋는 조선여인의 사기조각
그러길래 손톱달, 초생달빛 고와라
초승마다 조각달 깎는다.

봄날은 간다

그때
봄날 이였지

언니의 사춘기가 무르익을 무렵
진달래 꽃망울 트고 초경이 터지는 날
달빛은 선지 핏빛이었지
오!
달거리에 물든 벚꽃들 낙화여

신선한 충격, 그 오랜 봄

쿵덕거리는 가슴 죄짓듯 들킬까
앙금발 걸음으로
'엄마! 이게 뭐야?' 어쩌면 좋누!
천지개벽한 봄날은 마냥 이었지

쉰다섯 번째 오는
봄 마중을 오래 오래 손짓하는 이별
첫 달거리 떠올리는 폐경도 벚꽃 지는
봄날은 간다.

역방향 · 3

순방향에서 돌아앉았다
코레일 상행선 의자등을 척추에
장착하여 남쪽으로
바짝 잡아당기는 역류의 힘이란 억지다
눈을 감고 오던 길 뒤돌아본다

잊혀진 것, 설들었던 생각이
망각의 껍질을 벗더니 식도에서 꾸물거렸다
시장기를 때운 김밥덩어리가 역류하면서
속이 니글거렸다
밥숟갈과 베게조차 쉴 날 없이 달려온 생각이
생각을 떠올린다

신체의 부품들이 삐-이-걱 소리치던 날
브레이크가 꺾기고 급정거를 하자
종합병원간판이 떨거덕 거리는
내 신체의 바퀴 부품을 내려다보며
빙그레 웃고 있었다
능글맞게 쳐다보는

이웃 의사얼굴이 느끼했다

여분으로 지녔던 건강한 다른 부품 덕으로
병명을 갈아 끼우자고
용하다는 서울 병원을 달리는
코레일 속도소리가 역류성식도처럼
역행하며 한강으로 떨어 졌다

척추마디 바꿔치기 시간을 끌기 위해
순방향으로 바꿔치기한 역방향
차창 밖은 겨울부터 오는 늦가을 역풍경
황금햇살이 횡설수설하는 벌판을 감상하며
묵시록 읽는다.

요즈음

1

잭깍–잭깍

시간 걷는 소리 들려

아 오늘도 살았구나

안심이 되는 잠자리 눕는다

2

똑딱–똑딱

못 박는 시계 소리

하관下棺 느낌이다

오늘 잠이 뚝–그칠까

꿈에도 두려운 잠자리

3

빽국–빽국

뻐꾸기 소리

산에 묻혔구나 했더니

어–휴 살아있구나!

비몽사몽 환청에서 깬 베갯머리
에휴 – 살았구나!
아침이다!

을숙도에서

가을 문을 열면
낙동강도 가을을 열줄 안다

강물 한 컷 들이킨 억새가
푸른 말을 버리고 가을을 뱉어낸다
승학산 산도라지가 하얗게 숨을 쉴 때
철새들 강줄기에 날개를 달고
강물과 바닷물을 섞어 간 맛을 느낄 때
을숙도 억새는 무성한 여름으로 성숙했다

부드럽고 연한 언어를 마시며
가을이 된 억새
갈바람이 삐삐 마르고
하구언 자락이 꾸들꾸들 말라서
몸짓도 삐삐 마른 갈 소리에서
억새꽃 은빛이 화려하게 자지러지는 을숙도

올 겨울이 오면
그동안 못 보던 군함조* 친구가 오리라는

오랜 기다림의 예감인가

억새밭 자주꽃핀 소식

노을이 흐드러지는 하단낙조를 실은 갈 낙동강

억새꽃 피리를 분다

휘파람을 날린다.

*군함조: 미조, 길 잃은 새.

몰랐네

능선 끝머리 넘을락 말락 머뭇대는
해를 주워
서산으로 훌쩍 던졌다
퍽!
터지는 붉은 하루
매일
멋모르는 재미였던가
해를 던지길

오~ 황혼펄이여

서녘, 하늘이 터져버린 바다
칠순 반생 땅풀로
낮 해만 보고 살았으니
몰랐네
내 가슴 터 질줄 –.

茶의 生

다관 뚜껑 널을 뛰면
팽주 가슴 그네타고
칢술에* 얹혀진 우전찻잎
봄비를 겹싸안는다

겨우네 풀어내는 속말들
초록 메아리
차밭 벌 고랑에 묻혀진
다인(茶人)발자국 소리 돋아나는
다향의 오름

다관에서 조용히
치운 몸 푸는 첫잎의 숨결
찻잔을 음미하는 명차茗茶의
생애가 일렁인다.

*칢술에: 차숟갈에.

빈집, 回想

모진 살림살이 뿌리 뽑고
부농으로 살겠노라 던 흔적 진 외딴집
나뭇가지처럼 뻗대던 빈농貧農의 기억을
야윈 삭풍에 지우고
어깨 처진 햇살이 대추귀고동* 속으로
양지녘을 좁히는 빈집을 처음본다

밤이 되면 문풍지 찢어지게 달빛이 졸고
귓쌈을 때리며 지나는 칼바람
추녀가 삭은 뜰 옆에 대추나무 그림자가
낯선 과객에게 옛 주인 어록인양
부산한 방언을 잣는다

삵아지* 목정강 부러지게
젖먹이 울음을 인적인양 연신 울며
휘영청 달빛줄 목에 걸고
쪽문 틈새 벌리며 빈 방안을 훔친다
걸음을 멈춰 한참을,
처음 보는 낯선 집이 아닌

육이오, 일사후퇴 어린 시절

피난길에 며칠 밤을 머물렀던

꼭

그 집이 있었다.

*대추귀고동 : 식물이름.
*삶아지 : 살괭이(방언, 사투리)

일촌의 재테크

– 故김종철 시인

일촌 시인이 이사移徙를 했다

2014년 6월22일 오후7시22분
절두산 산방山榜을 계약하고
케케묵은 원고 詩보따리, 쓰던 몽당연필
지우개랑 착불탁송하고

동년 7월 5일
절두산방 입산하여 수의 갈아입고
詩쟁이들 만나 술병과 악수하고
7월8일 일촌*산방
〈절두산 부활의 집〉 문패를 달았다

일촌, 허허 세상의 웃음 모두 털고
산방에 드러눕는 신방新榜*
절두산 초저녁 수녀님들
봉문의 장지문창, 지겟창*에
장지將指에 침발라 뚫고
아우구스티노스*의 첫날밤 훔쳐보는네

킬-킬-킬-킬킬.......
혼자라네

입산 후 요즘근황은
서재에 틀어박혀 뭐 詩도깨비,
생도깨비가 되었다는
『절두산 부활의 집』* 소식을 부인께 들었다.

*일촌 : 김종철 시인의 호. 부산 출향 시인.
*절두산 부활의 집 : 김종철 시인 유고시집
*신방(新榜) : 옛날, 과거를 본인 뒤 새로 급제한 사람의 성명을 써서 게시시하는 방. 또는 방목.
*지겟창 : 지게문의 된소리 마루에서 안방을 드나드는 외짝문.
*아우구스트티노스 : 김종철 시인의 천주교 세례명.
#2014년 7월 5일 별세. 7월 8일 절두산 천주교 묘지에 안장되었다.

殺生킬러

하늘 가리고 내려앉는 그림자를
불어버린다
휙– 소리 긋고 떨어지는 바람을 줍는다
어깨가 부서진 바람들이
물결소리를 내며 비늘을 친다
무수한 물결의 비늘
횟칼에서 바다가 툴툴 털린다

수천 억 개의 눈알들이 도마에 누워
까닭 없이 사살당하는 참치 떼
요리사는 가슴 치며
살생하는 가쁜 숨 등줄기를 감는다

부위마다 원양의 물결
물 살친 그림자 발라내는 비린내음을
와사비는 날것으로 집어먹는다
난류와 한류가 교차한
이역바다 찬 물결무늬를 발라 먹는
살생을 발라먹는
난 그들에 사랑인가.

제2부

枕流掌篇

– 물베개

늙은 귀
흐르는 물에 귀를 베고
세월을 듣는다

아– 다시는 못 올
지금 이 시간.

枕流掌篇 · 1

– 습신襲*

무거운 짐 싣고 온 역마의 강
두 짝 지게 빈 배도 보내고
새 신 갈아 신으면
못 벗어 무게 겨운 이정표
한련초 꽃밭에서
버선코 높은 배웅을 노래하리
꽃상여 따라 밟고 간
베갯 속 흐르던 강 맨발로
하얀 새 신
한련초 꽃잎 밟고.

*습신 : 시신에 신기는 종이 신발.

枕流掌篇 · 2
– 산

바람의 곡예로
자유 분망한 기교로
거침없는 광대 춤사위로
산은 늘 푸르다.

枕掌流篇 · 3

– 歲

어딜 가도 먹을 것 있지
굶어도 배부르지
과식해도 비만 없는
무체중
무료급식 먹은 것을
왜
이리 한탄일꼬.

枕流掌篇 · 4

– 바람

하늘이 높아 넓어

지상은 낮고 넓어

허공은

늘 바람을 낳죠

오, 저 날개 없는 새여.

枕流掌篇 · 5

– 위대한 出産

아기가 엄마를 낳다

예수가
'성모 마리아'를 탄생 했다

세존이 어머니 '마야' 를 낳고
'부타'佛陀는 탄생했다

자식이 낳는 위대한 부모
효도를 낳는다.

枕流掌篇 · 6

– 시인

육골 갈아 분말을
반죽하여
빚, 빚기다

영혼을 빚는 칼
펜 촉 끝으로 자연의 말씀 받아
빚, 빚기다

시인이여
연금술사
연장은 녹슬지 않으리.

枕流掌篇 · 7

– 마당발 여자

발바닥 불이 나고
천근 무릎
땅 뛰기 넓히기 당기고 좁히길
문수文數 없는 발

넷치를 재던 설상골* 높이고
종족골* 삐죽나와
푹 꺼지고 평퍼짐한 발
발세가* 넓다지만
다진 자국들 어디던가

마당발 문수는 고작
십팔문 그대로인데.

*설상골: 발등 뼈.
*종족골: 엄지의 발가락 연결된 뼈.(많이 걸으면 발바닥이 넓어지면서 뼈가 돌출된다)
*발세가: 주변에 아는 사람들이 많다는 의미. (흔히 발이 넓다는 표현).

枕流掌篇 · 8

– 役馬

서서 먹고

서서 잔다

서서 산다 일생을

죽을 때 앉는다.

枕流掌篇 · 9

– 신발

길 무거워 벗고

맨발이 가벼워 신고

걷다가

이정표에 헌신짝 떨어지면

걸음은

또 새 신발 신고.

枕流長篇 · 10

– 농꾼

땅을 팔(賣)수록 허기지고
논밭 갈기
흙냄새 배부르다

땅 빚 베인 삽날
하늘 쪽빛 뜬다

농꾼 팔뚝

구름 펴 엎는다
가뭄 떠엎는다
비바람 푹– 한 삽씩
논밭 갈아 사시절
물꼶 트고 막아
논두렁 밭두렁
물길 갈라 말뚝, 팔뚝 박는다

枕流堂篇 · 11

– 매질

시!
명줄茗茁* 만 뽑자
생존경쟁이다
시원찮게 임내내지 마라
쓴다고?
‘까불지 마라 다 알고 있다!’
‘씨부리지 마라 다 알고 있다!*①

‘씨부린다고 다 詩가!* ②
‘길다고 자르면 詩가!’*③
스승 김준오선생* 회초리
언제 그쳐질까

밤마다 종아리 펜촉 갈긴다.

*명줄 : 차나무 싹이 튼다는 뜻.
*① 부산 MBC 前 김영사장의 수필집제목 인용.
*②, ③스승 故김준오 박사 훈계: 유언과 같은 詩 말씀(부산대학 국문과 교수역임)

枕流掌篇 · 12

– 문학

문학

불멸의 어머니

자연을 닮아서

위대하오!

당신이 신앙이오

나의 예술이여!

枕流掌篇 · 13

– 응결

사족이 늘어지는 언어 일랑

잘라버렷!

시상을 잡아랏!

촌철응축寸鐵凝縮

촌철시상寸鐵詩想

전광석화電光石火

촌철살인寸鐵殺人

눈물겹다

이놈!!.

枕流掌篇 · 14

– 신의 예술

자연은 불멸의 예술품

여성은 신의 걸작품

신비의 예술

한 생애 짧은 예술

오–

여성의 슬픔이여

아르테미스*!

날 예술품, 살게 해주오.

*아르테미스: 그리스신화에 나오는 달의 여신.

枕流掌篇 · 15

– 길몫

애초 길을 튼 건
걸음이었다

무제無題의 높고 낮은 벌판을
산짐승이 자욱 낸 개척

생각하니
걸음 거두고 낸 인생 길

죽은 자의 몫이었다.

枕掌流篇 · 16
– 물

키 없다
손발 없다
색기色氣가 없어
무취無臭
코가 없다
때 묻지 않아 씻기지 않는다
생명, 죽음이 없다.

枕流掌篇 · 17

– 용천물살

너럭바위 치받친
산골짝 물굽이 돌아서
용소에 무릎을 뻗자면
노송의 팔가지들 청송青松은
‘산이 이래 푸르다’
노래를 뽑고

골 깊이 골짝을 파대는 용천물살
부딪쳐 깎아낸 골짝벼랑
물굽이 악물고
계곡벼랑 소리치는 용천소리
물살 깎는 쇠칼소리.

枕流掌篇 · 18

– 햇봄

개나리 바람 난 꽃바람

꽃바람 깨물어

앗 쌋!

튕기는 햇봄*

꽃바람 목축인 씨앗들

땅 줄기 밀어 올린 태안의 햇순

시냇물소리 마시는 구름송이

청라의 교향악 꽃바람 흐르네.

*햇봄: 첫봄

枕流堂篇 · 19

– 雪恨

그리움
눈(眼)붓도록 내리네

입춘 마중 재촉인데
뉘 걸음 문양을 찍으려나
발 붓도록 쌓이는 함박눈

부술 부술
기다림은 감질나게
신작로 옛길로 입춘마다하고
내 임이 못 오시게, 못 오시게
발등 붓게 저리–.

枕流堂篇 · 20

– 원주율

활처럼 휘어진 수평선으로
등 굽은
마젤란을 본다

출항의 원점
귀항의 원점
시종始終
지구는 원주율圓周率
원주율을 도는 마르코프를
본다.

* 원주율: 원둘레 율.

枕流掌篇 · 21

– 이슬

타버리는 찰라

밤 내 뜬 별
동창에 녹아 흐르는
벙어리여라
귀머거리여라
장님이라
냉가슴 뜨겁기만 하여라

새벽녘 눈물방울 지는 별.

枕掌流篇 · 22

– 대금

달빛을 부는 피리

일렁이는 정적

정한을 빚는 심금心琴

내 귀는

절해고도의 섬

홀린 듯

흐르는 소리아지랭이

달빛 피는 울림

달 빛줄을 타고 흐느끼는

대금의 밤.

枕流掌篇 · 23

– 빚기

낮에는 안 돼
낮달도 안 돼
숨어 몰래 꾹꾹 질그릇 흙 빚기
흐르는 물, 물을 베고
달빛덕장 달빛 발라 빚기
별밭덕장 별빛 촘촘 박아 빚기

설한에 다혈질 빼고
가뭄 갈증 쫙 –쫙 빠진
삐다기만* 뼉따귀 골라
삐삐한 풍장 후에도 꾸들꾸들 해진
고것!
죽음, 유서만 쓴 침류장편枕流掌篇.

*삐다기만: 뼈다귀(뼈), 경남사투리.

枕流掌篇 · 24

– 물의 성질

높은음자리 떨어지고

소리 높이 폭포 뛰어내려

낮은 자리 돌아오는 뼈의 분자들

일자평면一字平面

흩어지지 않는 하나로다

어디든 닿아도 광야로다

조상, 후손 없는

언제나 지금의 생성

상하가 없는 우리

끼리끼리 흐르면서

'낮아지자' '낮아지자' 물은 합친다.

제3부

멸치辯

바다 떼몰이로 살고 죽어야
멸치가 된다
한 줌 생을 떠 담는 투망
갈매기떼 울어대는 멸치 떼거리
비명悲鳴없이
염전밭으로 아픈 기억을 젓담는다

생죽음 삶아
갯촌가 자갈밭 햇살에 널리고
말려 비틀어서
피골이 상접해야 뼈 맛이 씹히는 건멸치
죽어도 사람 몸 뼈마디에서
뼈 이름으로 거듭 사는 생
덖음 졸임, 볶을수록 고소한
마조히즘*! 그 맛
하찮아도 어선漁鮮
나는 바다의 뼈로 살았다.

*마조히즘(masochism) : 정신적, 육체적 학대나 고통을 받음으로써 만족을 느낌, 그 맛

文林

내가 쓴 시는
자기가 시인인 줄로 안다

단 한 번도 데뷔 한적 없는데
자칭 시인이라고 하는 것은
나 밖에 모르기 때문이다
몽당연필에서
자신의 몸이 녹아 나오기 때문이란다
농담이나 투정쯤 생각했는데
날이 갈수록 시는 나에게
팔을 걷어붙이고 시평을 건다
얕보기를 마뜩찮은
되레 독자로 까지 대들다가 아니
개똥만도 못하게 보는 것이다

오랫동안 어릿광이 아이로만 취급한 게다
시에 목숨을 걸다시피 한
숙명이라 외친
내게 파계인 것이다

내가 써 놓은 시가
자기가 시인이라 말하고
내게 이게 '詩 가!' 매를 든다

아-
이 불가분의 관계
시와 시인 우리는 숨은 투쟁으로
웬수로 살아왔다
서로 승부 없는 야간혈투를 해서
살아남는 '文林'
명문가에 이름 오를 적과의
동침인 것이다.

햇볕 잔치

갯바위 치는 파도 물거품
아스라이 깨어지는 수많은 물 알갱이
햇볕에 빤짝 빤짝
갈매기 빛 까먹는 바닷가

눈 따가워라
갯바위 달라붙어 바다 눈빛
뜯어 먹는 땡볕

햇살에 반사되어 파도는
뒤집어도 빛나는 바다빛 알갱이

썰물 빠진 해안가
빛 알갱이 쪼아대는 한 낮
눈 다물어 빤짝이는 백사장 밟아
빛 따가운 맨발
빛 알갱이 신는다.

해질 무렵

꽃문뎅이* 등 간지러운 사시절
참꽃가지 꺾어 들고
참꽃잎 주먹체 따먹던 파란 입술
버들피리 가죽이 찢어지게 호드기
즐겨 불던 내안의마을*

징검다리 개울이
해질녘을 못 채워 흐르고
소고삐 잡고 집으로 가는 코흘리개
그 동무들 찾아와도 그때가 아닌
참꽃가지 꺾어지는 해질녘도 없다
꽃문뎅이 업고 크던 산천은, 읍내는
이미 잊혀진 망향忘鄕
걸어서 학교 가던 우마차 신작로를
어느 하늘 이고 아사를 갔는지
눈시울이 놀치는 나는 이방인.

*꽃문뎅이 : 경상도 사투리, 방언, 진달래 필 때, 보리고개 때 반가운 사람에게 반가움에 넘쳐 문디, 문뎅이라는, 부르는 애칭, 표현.
*내안의마을 : 산과 가장 가까운 안쪽 마을. .

춘청春晴

밑턱구름* 목정 꺾어

여우햇살 활짝 폈네

비 피한 꽃바람

꽃 멍울 툭툭 치고 가는

맵고 찬 손가락들

개나리꽃 펑!

백목련 자목련 꽃봉오리 덩달아 펑! – 펑!

먼

산이마로 잔설은 설컹설컹한데

봄바람 난 봄처녀나비* 이른 춤사위

꽃샘바람 파르르

이참에 떨며 급히 피는 진달래꽃

산은 만장萬丈일세.

*밑턱구름 : 소나기구름.

*봄처녀나비 : 유충의 먹이로 그늘사초와 팽이사초를 먹으며 애벌레로 월동하는 곤충과.

西山鄕歌

나도 모를 석양을 껴입고 고갯마루에 섰다
언제 왜 여기와 섰는지
회한의 자투리마저 거둬들이는 허리 굽은 산 노루
낙조의 집을 짓고 있다

동살을 업고 풀쐐기 같은 어깻바람으로
먼 산을 당겨 여백 없이 식목한 희망이
허겁지겁 자라버린 단풍나무
놀빛 벗겨대는 막가을 서리까마귀
서북간 재를 넘는 길동무 불러
산 메아리 물든 석양이여

갈맷산 창창한 신갈나무 꽃필 적
강물은 어디로 – 그 오월을 잊고
천지분간 모르고 쫓아온 신발을 벗어들고
뉘 불렀는가!
산 층계 여기 밟고 서 서
산 노루 헛뵌 양
노을빛 눈 닦고 닦는다.

6·25동란 미군참전용사 추모 詩

– 워싱턴 D.C.공원에서–'16년

아무도 볼 수 없는 초상을 보았다
허리 굽은 숲바람을 한 짐 지고
풀길에 올랐더니
캐리커처 얼굴을 내미는 군상들에서
꽁지깃이 길고 유별시리 녹색인,
날개덮깃도 보라갈색을 띈 새가 날아올랐다

인기척에 놀란 숲새들 모두가
보라갈색 빛 영혼을 지녔을 거라고
때문에 이 추모공원은 보라갈색이라며
크레용으로 가슴에다 새를 그렸더니
어느새
가맛바람이 이역만리 하늘로 데려갔다

욀 수 없는 이름들이란 걸 알면서
나는 새들의 형상을 그리면서
영영 살아 날 수 없는 용사들을
하늘의 혼을 빌릴 수밖에 없는 침울한
묵념이 공원을 걸었다

아직도 타국 만리 버들가지 부리물고
날아오르는 녹색비둘기
성조기 펄럭이는 D.C.하늘 공원을 날고 있는
6 · 25 참전용사들, 평화의 새
울지 않고 노래만 부른다

태평양을 건너 온 석양이
풀숲 길을 내리면서 놀이 지기 전에
포화의 숨소리들 마르기 전에
나의 붉은 펜 촉날은 '워싱턴 D.C.' 하늘공원으로
새들의 날개를 그리고 또 그렸다
그대들 푸른 가슴 새가 싶었다.

*DC공원 : 미국 워싱턴에 있는, 미합중국의 수도로서, 국제정치, 외교의 중심지도시에 있다. '워싱턴D.C공원'은 미국첫 대통령 이름을 딴, 워싱턴과 District of Columbia,컬럼비아, 자구안에 감춰진 사람 즉 콜럼버스를 상징해 딴 명칭, 한국참전용사들을, 참전 때, 군인 모습을 동상으로 세워놓은 추모공원이다. 워싱턴 D.C는 연방직속의 특별구역으로 세계의 이목이 집중되는 세계적인 도시다.

한글날

한글생일날, 한글사전 집(家)
이 집에서 내가 태어났다

ㄱ(기억), ㄴ(니은), ㄷ(디귿), ㄹ(리을), ㅁ(미음)........
어머니 가르쳐 주신 한글
둘째 동생을 업고 따라 외우며
あ(아), い(이), う(우), え(에), お(오),................ 히라가나
일본어 기억을 지우게 했다

いち(이찌), に(니), さん(상), し(시), ご(고), さん(로꾸), ... ひゃく(하꾸)를
오가는 유치원길에 출석표 가방을 휘둘리며
일, 이, 삼, 삼, 오, 육,..............백, 우리말 외는 연습과

어머니 회초리에 한글 애국가를 울며 쓰고 외워 부르던
한글 언문言文의 집을
한 번도 떠나 본적 없이 살고 있다

국어사전! 한국문학의 전집이요

시, 시조, 소설, 수필, 동화, 외국번역, 평론이 자자손
손
영원불멸 대를 잇는 이 가문의 시인
내 생일날이기도 하다

우리들 할아버님 지으신 스물 넉자
"거룩한 세종대왕 한글 펴시-니"
"한글은 세계 우리-자랑" 이 글로 이 나라 힘 세우자"
외솔 백형님께서 지은 〈한글의 노래〉
한글날은 우리문인들의 잔칫날
한글의례 깃발 높이 달자.

그 끝 山門에

태양을 지고 기운 나무가
한 철 지나니 나이가 붙었다고
몸매 바뀐 옷을 벗는다

잎사귀에 비를 얹어
서북간 산 숲 오솔길이
빗 물밴 풀 깃을 말리며 석양을 끈다

밤색날개뻐꾸기의 노래 무너진 산
적송赤松가지 청산의 묵시록을 쓴다

살가운 햇살
일렁이는 그림자조각 밟아가며
두메자운꽃 보송한 비단털 곱게 솎아
초가을 여는 오솔길 그 끝
산문을 기댄 서쪽 내가 보였다.

無重力

한 살 좋고
열아홉도 좋고
이팔청춘 더 좋아
백 살 먹어 더 좋은 게
나이가 무게 있어 겹더냐
백발성성 검은머리 훅훅 날려
주야로 먹은 백년 낫살을
앉은뱅이저울에 얹는다
천칭天秤*에 얹어 달아 본들
무게도, 힘도 없는
그 수壽가 나가랴
수! 묻지 말라
천칭에도 없는 낫살
'눈금도 안 나간다!'

*천칭 : 저울

우리들 魚王

간물에 속살이 하얗게 뒤집어지고
바다 말린 천일염이 아가미를
틀어막아야 싱싱한 죽음

원양바다 자란 지느러미 간 바람을 녹이고
물살을 타고 흐르는 풀무빛 등피
초여름 늦은 밥상 최고의 효자에 올랐다

짭쪼롬한 시신의 맛
바다 물때의 마감을 완강히 뿌리치던
굳은 숨결의 육즙
저녁밥술 행복을 뜬다

해수깊이 물떼 잡아 올린 투망
투망속의 푸른 각막들 하늘등 푸르게
염전 밭에 생을 굴려
거듭나야 사는 고달픈 환생이 다시 저문다
조선 밥솥에 뼈 녹인다
찜질된 육수땀 씻은 어간魚肝의 자반뒤집기*

보다 못한

솥뚜껑이 와락 울화를 터트렸다

열두 식구 보리밥 두레상에 둘러 앉아

여름, 오늘 팔월처럼

어육 맛을 옥손 가락 뜯어대던 어린것들이

뽀얀 바다살결 풀무 빛도 고운

은발이 되었다

제각기 흩어진 식솔들 그 친구 못 잊어

한 생애 식솔들 지금 저물날 없이

이제 넉넉한 겸상에서

옛날이야기 자반자반 꽃피우는 자반고등어

은수저의 어왕魚王으로 살아 있다.

*자반뒤집기 : 절인고등어가 쩌 질 때의 고통(엎치락뒤치락하는)을 뜻함.

순동내기

봄동아!
채마밭에서
시답잖다 겨우살이 소박맞더니
눈뭉치 받쳐 들고
눈(眼)구멍으로 햇살을 쬐더니만
초록만장滿場 땅돼기 펼쳤구나

한뎃잠 춥고 배고픈 겨울 빛
땅 기름 윤기 자르르한 봄기운은
네 뺨을 치던 칼바람도
비탈길 툴툴 털고 일어서는
순동峋冬아!
봄동아!.

*峋冬아(순동) : 산 깊고 높고 낮은 겨울. 모진 겨울을 겪었다는 봄동,
봄배추를 칭함.

달빛, 소리의 풍광들

찰박–찰박
놋대야물 달 첨벙 달 장난 넘치네

철퍽 철퍽
온달 퍼 담 는 두레박 달빛 소리 넘치네

철컥 – 철컥덕 우마차는 달빛 감아
흙먼지 뽀얀 신작로 따라 가는 소리

따–악 따–악
야경꾼 나무판때기 달빛 때리는 짝짓기 소리

칙–칙 폭–폭– 칙칙 폭폭
달빛 끌고 강릉 가는 야간 기차
석탄차 덮은 달빛 펄럭 펄럭 날리는 소리

간이역 완행열자 달빛 따라가는 여음
꿈속 같다 휑한 달빛

그 달빛 풍광들 어디가 닿았나.

詩, 만들어 내기

시를 쓴다는 것은 생살 깍기다
저민 살점 생피를
동지섣달 고드름덕장에 꽁꽁 얼리고 말려
육포를 떠 새벽 빛 보기다

뼈 깎는 고통에서 명줄鳴茁 트는 생업인게다
일전 한 푼 남는 게 없고
부도나기 일쑤인 파업이지만
끝내 파시波市를 접는 외로움은 없다
허허한 휘파람 모서리조차 붙잡아 詩 깍기에
홀로 울어보는 즐거운 맛이다
허무의 골이랑 깊이 팔수록
생장生葬은 값지게 영정影幀을 띄우는데
차마 죽어지지 못하는 기구한 이 숙명을 아껴
생의 마감까지
혼신으로 수발해야만 충실한 노예라는
축복을 느낄 때
무수한 날 밤을 지나
빛,

그 사금조각이 휙 칼금을 그어 떨어지는
빛 알을 줍기다.

죽음, 脫解

잠 이길 장사 없고
죽음 이길 잠 없다
시부지기 눈 감아지는 생의 마지막
이럴까
미련 없다 살만큼 살았다지만 '죽음'
불안초조다
차라리 죽어버리기로
잠옷을 염포이듯 다져 입고 잠자리에
입관, 눕는다

내일 아침이 깨울까
깨지 않으면
이대로 저승새 따라 간 것이라고
미리 세상 하직하는 죽음을 맛보며
저승 잠 깊이 든다
'죽음 초월'하고–

소피所避 느낌에 눈뜬 달구리 즈음
뿌연 잿빛

저승인가 초연한 신생으로
짐 벗어 가벼운 새벽이 깨어 앉았다

죽음, 불안초조를 벗은 탈해脫解
살았구나
저승 잠
새 아침 눈 부비며 하품 한다.

花匠 황수로* 윤회매 열심 전시회* 감상

훔치고 싶네
훔쳤네 당신의 손가락을
손가락 끝 마디에 피는 꽃불
화장花匠의 손을 베어다 구중궁궐 안팎에 심을까
궁중에 채화綵華*방을 치장할까

당신 열손가락 꿈에도 훔쳐다
내 새끼손에 심을까
꽃불 비(雨)당신이여
윤회매輪回梅*, 채화전綵華展*
나비를 부르고 벌을 꼬셔서* 화향花香을 꼬드겨
달 항아리에 들여 볼까

선생을 훔치기에 보쌈을 하기엔
그만한 보쌈 꾼, 보배도 없겠네
황수로 花匠을 보쌈 없이 훔쳤더니
분에 넘쳤는가

아뿔싸!

당신께 만 받은 천록天祿의* 예술

눈 맛만 다셔라, 눈요기 허기지게 감당치 못하겠네

손가락 마디마디 훔친 죄

되돌릴 수 없는 새벽이 떨며 지켜보고

천둥이 울릴까

채화綵華속, 花匠의 치마폭에 숨어버렸네

천령天靈의 선물이여!

화훼가인花卉佳人이여!

꽃 마음씨 섬섬옥수 빚어낸 '윤회매 채화전, 매심전'

나, 불타버렸네.

*花匠(화장) : 한국 綵華의 匠人, 황수로 문학박사, (중요 무형 문화재 제124호 궁중채화) 동국대 종신 석좌교수.

*윤회매(輪回梅) : 밀랍으로 빚어 수제화한 梅花로서, 이 꽃이 꿀에서 나와 꽃이 되고 그 꽃에서 벌이 꿀을 따와 매화가 되었다고 하여 '윤회매'라 지어진 이름, 윤회매, 즉 밀랍의 그윽한 향과 빛깔이 천연스러워 벌과 나비가 生 梅花 인줄알고 날아드는 신비한 밀랍 꽃이 자연의 꽃보다 더 고귀하다고 함(문헌:아름다운 한국채화 花匠 황수로 著)

*채화전(綵華展) : 비단천(헝겊)으로 만든 수제화 전시.

*꼬셔서 : 꾀여서(경남 사투리)

*천록 : 하늘이 주는 복록.

윤회매밀납화준輪回梅密蠟花樽

– 花匠 황수로 대작품

당신은 조선여인의 숨결
花匠의 손톱에서 꽃으로 핀다
구만 구천 달빛을 길어다
손톱 날로 꽃결 빚은 윤회매여*

천년 매화꽃가지 밀납 향기
여왕벌아 !
대왕나비 날아들어
꽃쟁이들 어화둥둥 춤사위네

초생달빛 깎아대는 花匠의 손톱은
조선여인의 사금파리
사기조각 아리는 부엉이 밤 홀로 새겨
설한의 북풍소리로 귀를 뚫어야만
눈을 뜨는 꽃별들

은하강 물결 마주치는 밀납화* 채화미소*
구만장천 눈빛들, 눈 뜨거워라
초생달빛 손톱날 빛으로 조선의 꽃짓기

여든세 평* 그늘은 꽃쟁이 白眉의*노래
한 오백년 불러도 못 다 부를 그 생애
버선코가 드높네.

*윤회매 : 밀납으로 빚어 만든 假花(手製花)
*밀납화 : (밀납으로 빚어 만든 꽃(밀납假花, 手製화)
*채화(綵華) : 비단천으로 빚어 손으로 만든 꽃, 조선궁중, 수제華,(假花)
*여든세 평 : 황수로 선생 춘추, 83세 란 뜻 ('17년)
*白眉(백미)의 : 흰 눈썹(의) 옛 중국 촉나라 馬씨집에 오형제 모두가 재주가 뛰어 났으나 그중에 馬良이 더 뛰어 났는데 눈썹 속에 흰 털이 나 있었다는 고사에서)여러 사람 중에서 가장 뛰어난 사람을 일컬음.

허무의 힘

무량겁 때려라

나 아닌 내 몸이 부서져

파도가 된

허무라는 걸 처다 본다

힘

무한대 버텨야할

고독 때문에 문학인가

붉은 생채기 각인된 하얀 무욕

시인!

가슴 벅찬다

허무!

깨부수고 때리는 담금질

파도 흩어지는

허무란 – 허무에서

나

졸음拙吟 한줌 꽉 틀어쥔다.

제4부

忘鄕일기

고향이 얼었다 봄이 되면
닭똥 같은 눈물이
고향을 녹여내린다
추녀 끝에 추적추적 소리 내어 우는
고향의 비
돌담 기댄 유년의 그림자는 그대로
날 기다리는데
너무 멀 리온 세월 고향만 가까워
어찌 할거나
가슴치미는 망향忘鄕
마당가 넓히던 채송화 뿌리째
가슴 담아 온 초가집
그 옛날 추녀 끝에 떨어지는
닭똥 같은 낙수소리
'돌아오라' 퍼질러 앉아 기다리는
산간마을 망향가
어쩔거나 닭똥 처럼 떨구는 망향望鄕의 눈물
희수喜壽가 모레인데.

북극해 읽기

쇄빙선 갑판을 나와
빙해의 신천지를 만났다

간신히 달라붙었던 햇살이
눈부시게 빙벽을 타 내리자
로알 아문센*영웅이 마중을 하는 건너편으로
두 다리, 부리가 새빨갛고
하얀 몸 날개를 가진 북극새가 날아올랐다

새들은 북극해의 영혼에서 태어났다고
그러기에 이방인에게
영역을 지켜야 할 텃새가 사납다기에
해도에 북극갈매기를 그렸더니
어느새 붉은 혼의 발톱들이 데려갔다

신성불가침인줄 알면서
다산기지에 램프꽃* 필 때를 기다리며
해빙판을 깨어 부수고 추진해야 하는 아라온*
쇄빙선 엔진소리는 백야를 걸었다

램프꽃 줄기는

왜 밤에도 북극을 자꾸만 밀어 올리는지

램프꽃밭을 밟고 오는 잿빛 밤은 궁금하다

어둠이 더 얼기 전에

유빙에 앉아 쉬는 한가한 북극곰처럼

북극점을 찝어 나르는 북극제비처럼

쇄빙선을 탈출하여

순백의 북극해에 만년설 살고 싶다.

*아라온호 : 우리나라 첫 쇄빙선. 쇄빙능력 및 쇄빙연구선으로 분류됨.
*램프꽃(모스캠피온) : 북극에서 피는 꽃.
*로알 아문젠 : 초초로 북서극점 항로를 개척, 남극을 정복한 노르웨이 탐험가 (노르웨이의 국민적 영웅으로 칭송)북극 닐슨과학 기지촌 광장에 동상이 있음.

별을 품어

기다리게 하는 입자들이
천정天井에 달라붙어
싸락눈 빛을 발산하는 함성
밤마다 반란하는 빛의 분사를
도무지 헤아릴 수 없구나

삶을 동행한 초상들이 무수한 빛발로
쏟아지는 환상들
저자거리로 살아온 자취가 그래도
아름다웠다는 걸까
인생사 하늘 떠 있다

후회는 더 짙은 사랑 이었을까
껴안지 못한 악연들이 새삼
그리워지는 병앓이
용서를 풀지 못한 영혼의 빛일까

뉘 증오가 그리운지
산뻬알을 구르며 이 밤을 품는다

전라의 몸으로
오, 유월 풀잎 끝에 이슬도 맺혀보며
산 벌판 승냥이 울음짓거리로 살며
나도 착한 짐승이라고
별나라 천정에다 대고 독백하는
알밤을 뒤척인다.

조매화

새가 울지 않으면 나는 없어요
나만 위해
피 토하며 붉은 노래 불러요
바람칼을 날며 나를 유혹하지요
입술 문드러지도록
'동박새' 제 이름을 부르며
가루받이 합궁이 아니면
나는 태어 날수 없어요
내 곁을 맴돌며
겨우내 해운대 동백섬 울음차지하고
애모의 꽃으로
당신 이름 겨울 붉게 부르며

내 몸 동백꽃 피지요.

*조매화: 새와 접촉하여 피는 꽃

雨水소리

하늘 빗장 열려
부술부술 심란사心亂思 내리고

겨우내 묻은 북새* 씻는
마중 동풍으로
연초록 게트림 피는 땅거죽 튼다

세상사 눈뜨는 보슬비 재촉
스란치마에 젖을 듯 말듯
우수의 소리
흙 밟는 여인 버선발 소리
여울물 붇는 소리
못다 비운 겨울 잔졸음 붓는 소리.

*북새 : 겨울바람. 북쪽에서 부는 바람.

서해벌 풍경

갯바닥을 퍼지른 황혼 펄
석화를 뜯어대는 자잘한 조새소리
펄 고랑 고인 갱물에 다랑개 거품물고

갯일을 걷어내는 썰물 때
꽁무니바람 거드는
파도가 파락~파락 밀물 걷는 소리
바삐 오는 어둑살 해조음

수평선 너머 멀리 나간 기범선
들물 실어오는 옛 포구

그 무성한 갯풀 동무랑
오늘도 서해 쪽 고론니의* 황혼펄을
접었다 펴는 내 사촌들.

*고론니 : 경기도 서쪽 태안반도 위쪽에 있는 갯촌 이름.

空虛일기

어둑살을 늘리는 가을 초저녁
객손이 오려나
역마의 울음
천정天井에 가물가물한데
치맛자락 끼얹는 색바람
소매 끝에 젖는다
마음 한 녘 차치하는 휑한 심사深思
이웃 마실을* 보낼까
가을 밖
가을 밖을 나오니 가을이 젖는 억새밭
은발 결이 쓰러졌다 이우는 쓸쓸함
가을 저녁을 귀가해버린
사람발소리 뜸해진 땅거미 속으로
뒷모습 사라지는 여름날들
을숙도 풍경 옛 같지 않는 억새밭
가을이 쓸쓸하다는 하단사람들
나는 알 것 같다.

*마실을: 마을을(방언) 마을로 놀러 나온다는 충청, 전북, 경남방언.

육지 밖의 아버지

'아부지!
한번만 뵙시더 예!
해초를 뜯어다 움막 지은 지도
한 사십년 됐십더'

내 움막도 어느 때쯤일까
생각이나 열 물길 넘는 바다에
난시亂視를 깊이 재면
조선동박새가 찌이-익 물총을 갈긴다

발목물이 치받은 갓길을 피하면
가끔 물기둥으로 일어서는 햇발에서
부서지는 덩굴파도
파문을 깔고 앉은 아버지를 본다
도라지위스키, 빼갈*향기 황태치어랑
예전대로 거나한 주안상 차린 바다였다

'아부지!
그만 바닷물 내삘고* 좀 나와서 사시소 예!'

'애야 네 맘에 애비를 건져라'
아비가 바다 맷독만* 들어 있디?

바다 밖을 나와 봤자
이승도 바다였던 육지 밖의 아버지
환청, 목물 차오른다.

*빼갈(배갈) : 중국술의 한 종류, 白酒.
*내삘고 : 내버리고 (부산 사투리)
*맷독만 : 바다로 인해 죽은 피해를 본 곳이란 의미.

바다의 날

아부지!
불렀더니 바다가 와락 껴앉는다
술이 바다라고 주독에 빠진
昭和 20년 4월 9일 大洋丸 기관장 수첩에서*
북청색 바다가 깨어있다

초승달 갈지자걸음 밟아
바닷길 모셔 오던 날
두레밥상에 앉아
바닷물 뿜는 고래 목소릴 빌려
수장水葬을 유언한 아버지
'산은 잡생각이 많아 싫어
바다는 하늘이여!
바다가 천당이제!'

뱃사람 저승에서
바다의 신앙은 어떤 것인가

까치발 돋운 해안에서 기적잔盞을 깨물고

'아~부~지~ 보고 싶습니더
그만 나오시소~ 예!'
애콜만 울리는 바다의 혼이란
불변해야 할 마력인가

오늘도 햇살만 펼친 망망 적적 대양
신청옹이 항로를 가르며 활개 치는 날.

*기관장 수첩 : 소화(昭和) 20년 4월, 수첩을 교부 재신청하는 날 (소화16년 교부)
*기관장 수첩 : 부산, 한국해양대학교 자료관에 기증하였음.

원심법

바다를 뚫어 기둥을 올림은
원심법遠心法
회오리바람 짠물을 빙빙 감는다
바다가 휘모리 돈다
삼백 미터 똬리틀어 물기둥 치솟는
바다오르가즘
금세
추락하는 용오름
비늘 거품으로 흩어진다
원심분리법遠心分離法!?
원심법
바다는 바다일 뿐
오르지 못하는 용두머리
하늘 용 되고 싶었다.

盛夏일기

– 2016년

온도계 무게 겨워 바람이 헉헉된다
강바닥을 들이킨 허기가 적송등골 애터진다

백날가뭄* 날씨 잠포록한 게 비올 듯하다가
걷히는 비무리가 간肝에 불을 지른다 금새
한 줄기 퍼붓기나 할 듯도 하여
검정구름 땅머리 감질나게 꾸벅거려
목 타는 풀잎이 입을 벌린다

까맣게 타드는 유실수 씨앗밭 그림자
논바닥 가랑이 한발旱魃 늘어지게 바라춤을 추고
기우제 울어대는 종탑들의 비울림 소리
성하는 귀를 막는다
지상의 강물마저 말라버린 폭서暴暑
땡볕이 하강하는 쪽빛 하늘

팔월 지나는 막여름*
한줄기 성하일기 쏴— 소나기 환청을 쏜는다.

*백날가뭄 : 여름에 오래 계속되는 가뭄.
*막여름 : 늦여름.

내 안의 별

어딜 가나 있지
어딜 가나 따라와 봤자
늘 그 자리 그리움
기다려 있지

그리움이란
높고 먼 고독
난들 없으랴 외로운 별 하나
다 타고난 천성天生인걸

오— 아득하여라
구천, 구장천 별나라여
별 한개 채워지지 않아
비워지는 허공

보이지 않아 밤하늘 뜬 그리움
마음속 있어 더 멀고 먼
내 안의 고독이여.

여기가 기상관측소

몸에 거먹구름 끼었다
날씨가 영 찌뿌둥하다

뇌성번개 빛 번쩍 벼락을 때려
먹장구름 깨어져야 풀리는 몸

쏴~~악 혈관 속을 신나게 뚫어대는
장대비 떨어지기
콸콸콸 피돌기가 돈다
육신의 날씨가 거뜬해진다
늙은 삭신마다 꺼먹구름 들어와
끄물끄물 관절을 앓는 날씨
삭신에 쩨인 꺼먹구름* 벼락치고 갔다
찌뿌등한게 쑥 빠지고
여우별* 쨍하고 해 떴다

일기예보, 우기예보雨氣豫報
기상관측소는 여기, 여기에
내 몸에 있소.

*꺼먹구름 : 검정구름(경상도 된 발음)
*여우별 : 비온뒤에 잠간 보이는 햇빛

충매화

난 벌레와 간통해요
부전나비를 유인해요
땅바닥 흙 묻혀 엎드려서
꽃가루, 암술머리가 꿈 달듯
가루받이를 하지 않으면
난 태어 날 수 없어요
잠자리 때마다
내 몸을 빨아 먹게 해야 해요
벌 나비가 내 정절을 폭행해요
강간을 순순히 허락하는 운명
조상을 원망하지 않아요

부전나비, 독충!
성도적性盜賊!
적과의 동침을 해야 자손을 보는
난 민들레 여자
어디든 내 슬픔은 피지요
민들레꽃!
바람피우는 꽃
시인은 날 미인으로 노래 불러요.

*충매화 : 벌레와 접촉하여 꽃피고 열매를 맺는 꽃.

귀면암 사계절

태초의 태백산 형골이여
태곳적 설악산 산신의 얼굴 사계절 새겼더라

한계령풀꽃 향기 귀면암 볼에 얼비치고
금강산 대왕나비 춤사위 쓰다듬더라

봉래산 대승폭포 비룡폭포 하늘 뛰는 굉음
사시절 음, 양각으로 새겼더라

풍악산 한가락 가을을 뽐내고
단풍나무 몸짓인 듯 요철凹凸의 기교여
요리조리 눈 뜯어보는 귀신바위, 당바위
설악산 가인바위 우뚝하여라

개골산 설한 장성 태백산 산신령
풍우성상 오밀조밀 바람이 정釘질한 괴면암*
태백산 정기, 우리민족 얼로 섰어라.

*괴면암: 강원도 설악산에 있는, '귀신 얼굴같다' 는 키 큰 바위.

재앙의 날

– 2016년 10월 5일

하늘 문짝 떨어졌나
저주의 거품을 문채 뛰어내리는 ‘차바’
바다가 방파제를 뛰어 월장하고
근육을 풀은 파도가 성질대로 날뛰었다
만조 때가 거드는 파랑의 반란
가두리 물고기떼 바다 밖의 영가를 불러댔다

벽장에 붙었던 일력마저 ‘차바’를 꺼내들고
광란의 춤추다 둑 터진 붉덩물
강물에 빨려들고서야
‘차바’는 태풍눈 속으로 돌아갔다

후폭풍 잔해가 불가사리처럼 흩어지고
키대로 꼽추가 된 가로수가
땅바닥에 떨어진 ‘척추교정’ 간판을 읽었다
널브러진 바다형상들 기절에서 깨어나
오체투구를 시작하자
하늘은 덧껴입은 구름을 벗었다

언제인 듯
햇살로 갈아입은 청명하늘
한로寒露를 데려왔다.

호미곶 찬가

– 포항 호미곶 축제 22회*

청련타!
호미곶 해 밝음이여
아침 놀 들 끓이는 동해의 여울목
태평양으로 치닫는 호미곶 물갈기
민족의 청년이어라
호미곶 소용돌이치는 명량鳴梁의 기상
오대양으로 만장을 휘날리는
웅비의 첫 물결
독도는 두 귀를 꿰어 불멸의 파수꾼으로
예 섰어라

호미곶 뭍후미
허허바다 곶, 곶이 꼬리쳐 굽이 굽이치니
단군의 혼 깨어 사는 우리의 기상
청아한 호성虎聲을 뿜어 뻗는 호미곶!
천만 만년 세세
예서
포항의 호미곶 창공은 무궁함이어라.

*포항 호미곶: 경북 포항시에 있는, 한국지도에 호랑이 꼬리 모양을 한 곳.

또 하나의 광복을 기원하며

– 2016년 광복 70주년 기념

구천의 북소리 듣는다
유관순 누이가 외치는 피 붉은 목소리
태극기 날리고 현해탄 한반도 바다소리 높았다
민족혼이 숨을 들이키는 함성 회고연을 연다

아직 안중근 의사가 할빈에 살고
할빈역사에 독립투사의 총소리는 살아
구천을 쏟아 내리는 '대한 독립 만세' 칠순, 광복의 날
아직 남아 있는 광복을 향해 펄럭이는 태극 아우성
허리분단 휴전선 띠 두른 채 북녘을 펄럭인다
자유민주 평화통일 무풍으로 외치며
광복기념에 염원은 뿌리내린다

백의의 날개여
아직도 지우지 못한 상처
안중근 열사 민족정기의 우리들 다시 깨치는
구천의 통한을 칠순회고 민주평화통일에 나머지의
또 하나의 광복절을 외친다.

| 해설 |

이미지스트의 고독과 감춤의 미학

– 김광자의 시

채 수 영
(시인 · 문학평론가)

1. 프롤로그–시인이 그리는 세상

시인은 세상을 살면서 거기 일어나는 일들을 노래하고 부대끼고 또 느끼면서 생각한 일들을 상상력의 의상을 입혀 자기의 캔버스를 물감으로 채운다. 어떤 사람은 노란 색을 선호하고 또 하늘색이나 빨강 등등 기호에 따라 그림위에 색채는 아름다움을 위해 필사의 작업을 다 한다. 자기의 개성을 온새미로 발휘하는 사람도 있고 더러는 무채색의 개성을 나타내는 평범한 화가도 있다. 말을 달리 하면 그림의 모든 평가는 시인자신으로 돌아가는 자기 책임의 한계 속에 존재하게 된다. 왜냐하면 인간의 존재란 허락받고 나온 것이 아니듯 삶의 펼침도 자기의 책임의 성(城) 안에 문제요, 성 안에서 오로지 해결의 실마리를 풀어나가는 길을 마련해야 한다. 아마도 시라는 대상도 시인이 선택한 업보(業報)로의 명칭이지 누가 강권해서 명찰을 단 것은 아니다.

개성이란 개인의 표정이다. 다시 말해서 자기가 그리고 자기가 색칠하고 오로지 자기 몫의 독특을 위해 신명을 발휘하는 상상의 작업이다. 근거와 논리와 현실성의 바탕 위에서 길을 재촉하는 김광자의 생각은 독특하면서도 합리적인 발상의 상상적인 토양 위에서 출발한다. 상상은 사고의 바탕 위에서 시작하는 일이고 공상(空相)은 전혀 연결고리를 갖지 않았을 때 허공을 떠도는 낯선 이방의 이름일 것이다. 시는 상상력의 원천에서 출발한다.

김광자의 시에 들어가는 입구는 호쾌하고 상쾌하다. 구불거리는 것이 아니고, 일직선이고, 머뭇거리는 것이 아니고, 단도직입적인 이유가 내장된다. 이는 앞에서 서술(敍述)한 개성의 독특성이 문패를 달고 방문객을 맞아들이는 인상으로 출발하기 때문이다.

김광자의 시의 입구는 여느 시들과는 다른 방도로 길을 찾아야 한다. 이미지의 중복과 혹은 겹침을 통해서 또는 이미지의 분해를 통해서 표현의 본질에 접근하는 사고이기 때문에 쉽게 입구나 출구를 알아내는 것이 어지럽다고 느끼는 이유도 있다. 생각하고 또 생각을 더했을 때 허락하는 이해- 이는 김광자 시의 특징이면서 이미지의 다양화라는 분산효과 앞에 그만의 문패를 달고 있다는 개성의 뜻이다. 이제 표정을 확인하는 길로 들어간다.

2.시정(詩情)의 걸음들

1)나이와 공허와 풍경

인간은 누구나 자기의 무게를 갖고 있다. 어떤 삶은 바람에 휩쓸리는 가벼움으로 사는 사람이 있고 또는 중후함으로 무게를 느끼면서 사는 사람 등등 저마다 다른 중량을 갖고 살아간다. 이런 무게는 자기가 만드는 것이지만 정작 본인 스스로는 느끼지 못하는 점에서 대인관계와의 문제일 것이다. 물론 무게가 무겁다 해서 인품이 출중함을 의미하는 것도 아니고 또 가볍다 해도 인격의 장애가 있는 것도 아니다. 다만 얼마나 자기화의 삶을 의미로 엮어가는 가는, 전적으로 개성의 귀환이 될 것이기 때문이다.

기실 젊은 날은 날뛰는 무게이고 중년이면 생의 의미를 싣기 위해 나그네의 여정을 소화하는 시간을 보낸다. 또 스스로 찾아온 노년의 삶은 점차 가벼워지는 의식의 공허가 찾아와 서글픈 뉘앙스를 자아낸다. 나이의 사다리는 높아질수록 반비례의 무게 앞에 허전을 느끼는 일이 누구나 갖는 현상일 것이다.

어둑살을 늘리는 가을 초저녁
객손이 오려나
역마의 울음
천정天井에 가물가물한데
치맛자락 끼얹는 색바람
소매 끝에 젖는다
마음 한 녘 차치하는 휑한 심사深思

이웃 마실을* 보낼까
가을 밖
가을 밖을 나오니 가을이 젖는 억새밭
은발 결이 쓰러졌다 이우는 쓸쓸함
가을 저녁을 귀가해버린
사람발소리 뜸해진 땅거미 속으로
뒷모습 사라지는 여름날들
을숙도 풍경 옛 같지 않는 억새밭
가을이 쓸쓸하다는 하단사람들
나는 알 것 같다.

–「공허일기」

시의 공간은 가을이고, 시인의 자세는 객관으로 시선으로 고정하고, 가을을 어떻게 요리할 것인가에 깊은 명상의 바람을 불러오려는 주문을 건다. 이리하여 '휑한 심사/이웃 마실을 보낼까'를 궁리하는 태도에서 가을은 점차 쓸쓸해지는 기운이 시심의 결으로 다가온다. 시는 두 번째 의미에서 시인과 계절이 동등한 키를 세우면서 '하단 사람들/쓸쓸함'에 동조하는 가을 풍광의 아픔을 풍경화로 걸어 두려한다. 물론 그 풍경화의 쓸쓸함은 나이 가벼워지는 시절의 정서와 보폭을 함께하는 이유가 늙음에서 찾아오는 바람소리의 가을에의 길을 연상한다.

가을 풍광은 소소(蕭蕭)의 그림자로 길게 이어지는 스산함이 노래를 부르고, 떠나려는 바람 길의 분주함에도 발길 빠름이 가을 색으로 물들이는 길이 넓어진다. 시인은 이런 분위기에 가을 색을 입히면서 그의 시심(詩心)을 고아(高雅)함으로 맞아들이려 마음의 문을 열고 가을 경치를 완상(玩賞)한다.

풍경은 정조(情操)가 담긴다. 보는 사람의 마음이 반응하기 때문에 거기엔 가치의 개념이 들어 있을 수 있고 또 자기 삶의 의미를 발견하려는 노력이 반응을 보인다. 여기서 지혜의 문은 열리고 앞을 바라보는 시선에 반응의 결과는 문을 열고 기다린다. 가령 햇빛은 바다에 가면 바다의 빛으로 살고, 산에 가면 초록의 임무에 헌신하고, 인간의 땅에 내려오면 온갖 생명을 키우는 자애(慈愛)를 실험하다 돌아간다. 물론 과학적으로 분석한 햇빛과 시인이 받아들이는 햇빛은 이처럼 상이한 반응에서 노래의 곡조가 시인만의 것으로 돌아간다. 다시 말해서 개성의 투사(投射)가 시의 표정으로 살아난다는 뜻이다.

갯바위 치는 파도 물거품
아스라이 깨어지는 수많은 물 알갱이
햇볕에 빤짝 빤짝
갈매기 빛 까먹는 바닷가

눈 따가워라
갯바위 달라붙어 바다 눈빛
뜯어 먹는 땡볕

햇살에 반사되어 파도는
뒤집어도 빛나는 바다빛 알갱이

썰물 빠진 해안가
빛 알갱이 쪼아대는 한 낮
눈 다물어 빤짝이는 백사장 밟아
빛 따가운 맨발
빛 알갱이 신는다.

–「햇볕 잔치」

잔치의 모양은 저마다 다를 것이다. 달빛의 잔치가 있을 것이고 또는 바람의 행상 아니면 흥성이는 인간의 생에 따른 즐거움이거나 아니면 죽음의 길을 배웅하는 마지막 행상 등등 잔치라는 말에 아울리는 모양은 각기 다른 표정을 관리한다.'갈매기 빛 까먹는 바닷가'의 파도 풍경에 햇빛 '반짝 반짝' 떨어지는 파랑(波浪)의 모습도 있을 것이고 '땡볕'의 풍경 혹은 안이나 겉의 모습이 오로지 '빛나는 것' 이거나 물이 빠진 백사장을 맨발에 감촉으로 다가온 따가운 '빛 알갱이'의 변화에는 시인이 마음으로 포착한 빛의 전환이 장소에 따라 일정의 몫을 수행하는 바다에의 풍경을 내면에서 받아들인 이미지의 다양함이 펼쳐진다. E. 파운드는 이미지를 지적인 복합체로 생각한 점, 장식적인 아닌 기능적인 이미지를 강조한 점은 의미가 충만한 점에서 이미지스트 시인들의 '머릿속의 그림' 혹은 엘리어트가 말한 '감각화된 사상'으로의 이미지와 맞닿아 있는 시가 김광자의 시적 특성-어지러운 혹은 지난(至難)한 이해의 이유가 여기 있다. 왜냐하면 김소월류의 시는 이른바 heart의 시라면 지적인 시는 생각의 수로를 따라가면서 찬찬히 다가오는 head의 시이기 때문이다. 어떻든 김광자의 시는 시각적 이미지와 간결한 혹은 정확한 풍경을 내면으로 소화하는 표현에는 뛰어난 기교가 선행하고 있다는 사실이다.

2)소리의 길 찾기

세상에는 소리로 가득하다. 그러나 그 소리의 갈래를 구분하는 일은 인간에게 한계가 있다. 예민한 개가 듣는 소리와 인간이 듣는 소리의 강도에 따라 청각의 감수성 즉 자극역(db)의

역수로 나타나는 소리는 저마다 다른 db의 범위 내에서 듣고 말하는 것으로 기준을 삼는다. 다시 말해서 인간은 인간의 소리에 한계로 살고 개는 개의 한계로 살아가는 것은 저마다의 생존에 적합도를 의미한다. 〈우수(雨水) 소리〉 〈춘청(睛)〉 〈달빛, 소리의 풍광들〉은 소리에 대한 추적이 시화(詩化)로 표현된다.

찰박-찰박
놋대야물 달 첨벙 달 장난 넘치네

철퍽 철퍽
달 퍼 담 는 두레박 달빛 소리 넘치네

철컥 - 철컥덕 우마차는 달빛 감아
흙먼지 뽀얀 신작로 따라 가는 소리

따-악 따-악
야경꾼 나무판때기 달빛 때리는 짝짓기 소리

칙-칙 폭-폭- 칙칙 폭폭
달빛 끌고 강릉 가는 야간 기차
석탄차 덮은 달빛 펄럭 펄럭 날리는 소리

간이역 완행열자 달빛 따라가는 여음
꿈속 같다 휑한 달빛

그 달빛 풍광들 어디가 닿았나.

―「달빛, 소리의 풍광들」

소리가 풍경(風景)을 만든다. 아니 정확하게는 풍광(風光) 일 것 같다. 전자는 상황의 뉘앙스라면 후자는 보이는 것에 대한 단순성이 내포되어 있다. 이런 구분을 시적으로 수용하는 것은 예민성의 정서가 앞장을 서고 있다는 점이다. 즉 다른 사람보다 더 촉수가 날카로울 때, 구분으로 작동되는 기능- 김광자의 촉수는 다른 시인들과 단계에서 청력의 기능이 작용되는 인상이다.

아이가 장난으로 소리 내는 '찰-박 찰-박'과 달 퍼 담는 두레박 소리의 '철퍽 철퍽'에서는 다소 넘치는 소리의 강도가 보이고, 우마차 달빛 감는 '철컥 -철거덕'에는 힘겨운 무게의 반응이 담겨있는 것 같은 소리라면, 야경꾼 마을 지키는 소리는' 따-악 따-악'으로 도둑은 물러가라는 예방의 소리로 전달되고, 석탄차 덮은, 달빛 펄럭이는 소리엔 '칙-칙 폭-폭 칙칙 폭폭'으로 음의 강조가 조절되어 실감을 갖는다면 완행열차의 느릿 느릿 흐르는 혹은 꿈길을 지나가는 휑한 경치의 소리, 또는 데포르마시옹의 감수성으로의 '소리가 달빛 속'에서 저마다 다른 전달력을 갖는다. 정리하자면 달빛이라는 공간에서 사물들이 어떤 이미지로 변화의 정경을 연출하는가를 확인하는 셈이다. 김광자의 시에서 이런 이미지의 출몰은 읽어서 금시 이해되는 시가 아니라 한 단계를 높이는 지적 유희(遊戱)-그런 놀이에 접근해야만 하는 이유가 눈을 감고 달빛을 포장하여 생각을 깊이로 내려가는 길 찾기- 그런 소리의 진행에 있다.

밑턱구름* 목정 꺾더니
여우햇살 활짝 폈네

비 피한 꽃바람
꽃 멍울 툭툭 치고 가는 맵고 찬 손가락들
개나리꽃 펑!
백목련 자목련 꽃봉오리 덩달아 펑! - 펑!
먼
산이마로 잔설은 설컹설컹한데
봄바람 난 봄처녀나비* 이른 춤사위
꽃샘바람 파르르
이참에 떨며 급히 피는 진달래꽃
산은 만장萬丈일세.

–「춘청」

현란한 소리의 펼침이다. 여우 햇살은 '활짝 폈네'는 '비단소리'일까 아니면 '광목 옷감의 펼치는 '쫘~아악'일까는 듣는 사람이 감별할 일이다. 또 '비 피한 꽃바람'소리는 웃음소리 없는 싱그런 웃음소리일 것이고 '개나리 꽃 펑!'은 일시에 활짝 문을 여는 함성이라면 자(백)목련의 꽃 술 터지는 소리는 폭탄 투하의 소리처럼 '펑!–펑'으로 지축을 울리듯 한 소리가 봄날에 일시에 문을 열고 함성으로 세상을 울리지만 그 소리는 실재의 소리가 아니라 상상으로 들어가 바라보는 시각과 공간의 결합에서 오는 공감각의 상상을 더했을 때 실감을 자극하게 된다. 이제 압권의 소리는 봄이 보여주는 혹은 들려주는 다양한 시선을 이끌고 가는 바람에 이르러 '꽃샘바람 파르르'에서 시인의 정서가 아쉬움으로 이해의 뜻을 넓힌다. 더불어 찬란한 색깔의 전시는 죽음을 이끌고 마지막 길을 배웅하는 만장(輓狀) 혹은 호사스런 만장(萬仗)으로 마무리된다.

3)별 혹은 공허

시인이 시를 쓰는 행위는 독자를 위함이 아니다. 오로지 자기위안의 근거를 찾아 카타르시스라는 숲에 들어가 자기만족을 위한 목적이 대부분일 것이다. 물론 독자는 그런 시인의 모습에 감동을 받으면 그걸로 시인과 독자와의 소통은 달성될 것이다. 그러나 고심참담한 언어의 선택이나 표현을 보편화하기 위한 이미지구축 등은 보다 아름다움을 찾아나서는 또 다른 의도가 첨가된다.

김광자는 고독한 시인이다. 그러나 그 고독을 숨기고 안으로 다독이는 형상이지 겉으로 꺼내서 보여주는 고독이 아니다. 그렇다면 숨기는 고독의 이유는 뭘까? 인간은 누구나 자기를 감추면서 사는 경우가 있고 또 드러내어 보여주는 과시(誇示)의 고독이 있다. 어느 형태로 나타나든 이는 개인적인 통로 – 개성을 나타내는 결과에 불과한 이유일 것 같다. 김광자 시인의 대답은 결국 그의 시가 말하는 길 찾기이기 때문이다. 먼저 ,〈내 안의 별〉부터 살핀다.

어딜 가나 있지
어딜 가나 따라와 봤자
늘 그 자리 그리운
날 기다려 있지

그리움이란
높고 먼 고독
난들 없으랴 외로운 별 하나
다 타고난 천성天生인걸

오 — 아득하여라
구천, 구장천 별나라여
그 별 하나 채워지지 않아
비워지는 허공

보이지 않아 밤하늘로 뜬 그리움
마음속 있어 더 멀고 먼
내 안의 고독이여.

—「내 안의 별」

어떤 시인이나 일정한 목표 혹은 좌표를 설정하고 그곳을 방문하기 위해 온갖 심혈을 경주한다. 별이 되기도 하고 먼 이미지의 햇빛 혹은 바다 등 시인의 개성에 따라 다른 목표물은 시심과 연결고리를 갖고 자기의 시를 이끌고 간다. 왜냐하면 시와 삶의 동일성을 이룩하기 위해 자기만의 목표의 창조의 이미지-보오들레르의 조응(Correspondances)이나 P.verlaine's 운율(melodies), A. Rimbad 견자(Voyant.Seer), S.Mallarme 무한(Infinite) 등은 그들 시의 목표의 도달점을 갖는 성(城) 만들기의 일환이었으니, 일제치하의 냉혹한 시대를 탈출한 이육사의 무지개나 한용운의 님의 추구는 결국 그들의 시에 정점을 상징하는 도구가 되었으니 시인마다 그런 목표의 상징이 있기 마련이다. 김광자는 고독의 심연에서 구원의 메시지가 별이 된다. '외로운 별 하나/다 타고난 천성인 걸'의 고백은 결국 고독의 깊이에서 벗어나기 위해 별에 초점을 맞추고 그리움이라는 온화한 공간의 추구가 뒤 따라온다.

시인에게 고독은 필연이다. 벗어날 수없는 의상이기 때문에 그 고독 속에서 자기만의 세계를 살피고 또 다른 공간으로 의식을 이동하는 길을 찾아나서는 나그네의 행로가 부여되기 때문에 참된 의식의 자유는 바로 고독 속에서 나타난다. 만약 고독을 벗어난 시가 있다면 이는 장바닥의 소음에 불과한 일이기 때문에 모든 시인에게는 고독–슬픔의 고독이 있고 또 즐기는 고독 등 고독의 양상은 시인의 개성과 밀접한 관계망 속에서 전개된다. 김광자의 고독은 내면으로 슬픔의 강이 흐르지만 보이는 것은 아니다. '어딜 가나 따라와 있지'에서 '그리운'이 기다림으로 서 있는 대상과의 만남이 별로 승화의 방도를 모색하기 위해 고독이 도구로 사용되는 인상을 준다. 때문에 시인은 별이 '밤하늘로 뜬 그리움'이 최종 향기의 대상이면서 '멀고 먼' '내 안의 고독이여'의 발성은 아마도 그의 시가 도달하려는 소망의 정점인 인상을 준다. 이런 소망은 어느 시인이거나 갖기 마련이지만 열망의 농도가 깊다는 점에서 김광자의 고독은 승화의 별이 되고 싶은 열망의 이미지가 빛난다. 별은 천상의 이미지이기 때문이다

자연은 불멸의 예술
여성은 신의 걸작품
신비의 예술

한 생애 짧은 예술
오-
여성의 슬픔이여

아르테미스*!
날 예술품으로 살게 해주오.

–「침류장편 · 14 – 신의 예술」

인간은 자연의 일부라는 말은 인간이 만든 예술도 결국은 자연의 일부를 모방하는 일에 불과하다는 뜻도 된다. 물론 모방이 복사(copy)가 아니라 있음직한(Probability) 현실이라는 아리스토텔레스의 주장에 동조된다. 어떻든 자연의 현상을 나타내는 점에서 자연은 곧 자연스러운 혹은 간섭 없는 – 인간의 기교를 넘어선 자유로운 조건의 구현에 최종 목적 – 자연은 시작이고 마지막이라는 점에서 예술은 이를 어떻게 구현할 것인가에 근본을 둔다. 이는 작가의 해석의 문제일 것이다. 다시 말해서 자연을 대상화하여 어떻게 요리하고 어떤 음식을 만들 것인가는 전적으로 작가의 몫이고 선택이기 때문이다. 훌륭한 요리사는 손맛에 의해 맛을 좌우하는 경우를 유능한 셰프라 칭하는 것과 개성 있는 작가의 칭호와는 매우 유사할 것이다.'자연은 불멸의 예술'은 근본의 지적이다. 아울러 이 자연 속에서 여성의 경우는 예술품–자연과 여성이 등가(等價)를 이루면서 거기엔 '오! 여성의 슬픔이여'의 탄식에는 비극미가 잠재한다.

미(美)에는 비극미와 희극미가 존재한다. K. 야스퍼스는 철학적 사색에서 비극의 지(知)와 비극성이 없는 안전감(安全感)에는 차이가 있다고 보았고 비극의 앎(깨달음)에서 인간은 참되게 눈을 뜨면서 인간존재의 깊이에 도달하는 '움직임'을 갖는다고 보았다. 한탄으로의 비극과는 다른 깨달음에서 시인이 추구하는 여성의 아픔은 슬픔이 아니라 '넘어서는 슬픔'일 때 아름다움으로 승화한다는 뜻이 김광자의 의도로 보인다 .

아무튼 김광자의 고독은 안으로 별을 키우면서 도달하고자 하는 열망의 빛이 승화의 높이를 갈망하는 일이 그리움의 농도로 마음 속 풍경화를 그리는 일이 분주함–감추는 미학인 것이다.

4)황혼의 채색

한 권의 시집에는 많은 빈도의 중심 시어(詩語)가 등장하면 시인과 밀접한 연결고리가 형성된다. 시집 전체 숫자의 10% 정도가 황혼의 이미지가 출몰한다. 이는 무엇을 뜻하는가? 시는 심리적인 내면의 통찰에 의식의 그림을 그리는 행위와 상관이 있다. 때문에 황혼은 김광자의 정서에서 중심 목소리로 키워드가 된다는 뜻이다.〈몰랐네〉, 〈산노을〉,〈서산향가〉, 〈그 끝 산문에〉, 〈서산 낙일〉, 〈해 질 무렵〉 등에 황혼은 분명 김광자의 노년의식이 색채와 관계가 있고 지향의 공간에 대한 막연한 바라보기의 뜻도 첨가된다. 시인은 경험했거나 경험 할 것에 대한 예민한 반응은 항상 시의 중심에 용해되어 감성의 문을 통과하기 때문이다. 그렇다면 황혼은 오늘의 시인의 모습이 될 것이고 또 내일로 진행하는 예감의 조짐으로 나타난다고 보면 될 것 같다.

나도 모를 석양을 껴입고 고갯마루에 섰다
언제 왜 여기와 섰는지
회한의 자투리마저 거둬들이는 허리 굽은 산 노루
낙조에 집을 짓고 있다

동살을 업고 풀쐐기 같은 어깻바람으로
먼 산을 당겨 여백 없이 식목한 희망이
허겁지겁 자라버린 단풍나무
놀빛 벗겨대는 막가을 서리까마귀

서북간 재를 넘는 길동무 불러
산 메아리 물든 석양이여

갈맷산 창창한 신갈나무 꽃필 적
강물은 어디로- 그 오월을 잊고
천지분간 모르고 쫓아온 신발을 벗어들고
뉘 불렀는가!
산 충계 여기 밟고 서 서
산 노루 헛뵌 양
노을빛 눈 닦고 닦는다.

–「서산 鄕歌」

시의 첫 구절부터 자기화의 의상을 입었다. '나도 모를 석양을 껴입고 고갯마루에 섰다'는 처연(凄然)한 표정이 아픔으로 다가든다. 물론 시인은 의도적인 발성을 아닐지라도 무의식의 깊이에서 꺼낸 첫 발언이 '낙조의 집'을 짓고 있는–정확히는 살아온 도정(道程)의 무의식적인 표현으로 나타났다. 여기엔 체험으로 엮어진 전 삶의 무게가 담겨지고 예감의 노래까지 섞이어 황혼 앞에 서있는 자화상의 발견에 서글픈 노래의 가락이 되었다. 물론 찾아가는 황혼이 아니라 찾아온 황혼의 느닷없음에 당황이면서 또 받아들이는 자연스럼의 낙조이기 때문에 아름다움을 노래로 읊어가는 모습이 한 폭의 그림으로 창공에 걸린다. 때문에 마지막 구절에 '노을 빛 눈 닦고 닦는다'의 반복 속에는 돌아보아 회한과 서러움 혹은 당황의 물살에 젖어지는 모습이 아름다움을 넘어 슬픔으로 길을 만든다. 노년은 찾아가는 길이 아니라 어느 날 물이 스미듯 찾아와 서있는 대상과 대면할 때, 아픔과 돌아보기의 일상이 대다수라면 김광자의 황혼 마주하기는 이런 노을 정서에 물이든 페이셔스한 아름다움으로 정리된다.

태양을 지고 기운 나무가
한 철 지나니 나이가 붙었다고
몸매 바뀐 옷을 벗는다
잎사귀에 비를 얹어
서북간 산 숲 오솔길이
빗 물밴 풀 깃을 말리며 석양을 끈다

밤색날개뻐꾸기의 노래 무너진 산
적송赤松가지 청산의 묵시록을 쓴다

살가운 햇살
일렁이는 그림자조각 밟아가며
두메자운꽃 보송한 비단털 곱게 솎아
초가을 여는 오솔길 그 끝
산문을 기댄 서쪽 내가 보였다.

－「그 끝 山門에서」

가을의 끝자락에 선 시인의 모습이 있다. 고즈넉한 산사(山寺)의 조용함이 오히려 눈물샘을 끌어내는 풍광의 고요 그를 따르는 종소리 들리는 길에 황혼은 채색의 임무를 완수하느라 종소리 따라 산 아래로 내려갔고 이런 정경을 멍히 바라보는 백발이 바람에 날리는 아픔은 슬픔이 아니다. 산 자가 바라보는 아름다움이고 오히려 이런 고아(古雅)의 미를 비극미에 접근한다고 느낀다. 뻐꾸기가 산을 울리는 늦은 봄날의 저녁 어스

름의 산천은 비어있음이 오히려 가득 차 있고 가득 찼음이 비어있는 것 같은 불가(佛家)의 공과 색의 의미가 공존하는 세상은 이미 달빛이 길을 재촉하는 시간 속에서 시인의 모습은 여전 명상의 길을 소요하는 모습에 물이 들어 붉은 색채의 결합 – 어디로 가야 하는가의 인간 필연의 물음에 길을 잃은 것 같은 정경이다. 아마도 김광자의 시에 가장 느낌이 승(勝)한 이미지군을 발견하는 일이 황혼의 시어들이다.

저녁밥상을 덮는 가을 빛

기러기떼 등에 업혀 잉걸불 끓는 낙조

들바람에 씻기우는 철써기* 청아한 울음
노을을 치받고

추정秋情이 밀어올린 황진이* 꽃대에
푸지게도 매달린 씨낭이* 쩍 벌린 가을

석양천夕陽天 바라보니
서산에 물드는 황홀한 구름
내 그 날도 찬란했으면-.

–「서산落日」

불가에서 서쪽은 가야할 공간인 안양 즉 서방정토인 극락을 의미한다. 시인은 .석양천 바라보니/ 서산에 물드는 황홀한 구름/내 그날도 찬란했으면'의 염원의 마음과 서쪽 황혼의 마음은 결국 시인의 정신 속에 들어있는 '가야 할 곳'에 눈을 맞추고 있는 처연(悽然)한 모습이 투영된다. 더구나 가을의 추정(秋情)' 바람을 일렁이는 공간적인 흐름에서 황홀한 구름을 타고 떠날 여행의 심리적인 표정에는 나이의 무게만큼 아름다움도 치맛자락을 펄럭이는 오늘의 시인-모습이 풍경화로 보인다.

5)침류장편(沈流掌篇)조로

시인의 정신은 보통, 두 가지의 경우에 직면한다. 첫째는 자기와 같은 의식에서 보편성의 놀이, 두 번째는 보편성의 기준에서 다른 공간을 유영할 때의 경우 중에 하나 속에서 살게 된다. 물론 제3의 경우는 오락 가락의 중립지대를 설정할 수도 있다. 대부분의 시인들은 어디에 속하든 정신으로 그리는 그림은 자기변호에 열성일 수밖에 없다. 이는 자기 시의 변호라는 보호막을 위해 신명을 다할 때, 탄생되는 이름에는 애착이 증가된다.

김광자의 시에 침류장편도 그런 정신의 흐름을 강조하고 싶어 한다. 〈위대한 출산〉은 그런 소망을 시집의 줄기로 세우려는 발상에서 대상을 '생각하도록 하는'(lead to conceive) 상징으로의 이미지를 구사한다. 이는 S.Langer의 말이지만 의미의 탑을 세우려는 시인의 의도된 행위라는 점에서 이해된다.

아기가 엄마를 낳는다
........약......
자식이 낳는 위대한 부모
효도를 낳는다

「枕流掌篇 · 5 – 위대한 출산」

역설의 시적표현이다. 뒤집으면 정상처럼 보이지만 정상과 비정상은 분리된 것이 아니라 같은 이미지로 강조된 역설이 오히려 부모는 자식을 낳지만 자식은 부모를 위해 서로 간에 끈근한 젖으로 관계를 만들 때, 좋은 부모는 위대한 아들을 만드는 상관함수에 들어 간다. 깊이 천착하면 불타나 예수의 어머니의 존재가 있음으로 인해 예수와 부처라는 존재는 예속관계가 아니라 동류항적인 존재일 때, 비로소 근원이 있는 이름으로 탄생될 수 있다는 점이다. 왜냐하면 근원이 없는 존재는 없기 때문이다. 일종의 단시(短詩)에 김광자의 넋을 담으려는 침류장편의 연작시는 짧은 경구에서 빛나는 의미를 발굴하려는 뜻이 집약된다.

요지를 옮긴다.

육골을 갈아 분말을//반죽하여/빛, 빗기다 〈시인〉
촌철살인/눈물겹다/이놈! 〈웅결〉
죽음, 유서만 쓴 枕流掌篇 〈빛, 빗기〉
밤마다 종아리 펜촉 갈긴다 〈매질〉
오, 저 날개 없는 새여 〈바람〉
광대의 춤사위로 산은 푸르다 〈산〉
달빛 줄을 타고 흐느끼는/대금의 밤 〈대금〉
생명, 죽음이 없다 〈물〉
'낮아지자, 낮아지자' 물은 합친다 〈물의 성질〉
왜 이리 한탄일꼬, 〈歲〉

연작시 침류장편은 김광자 시인이 담고 싶어 하는 뜻이 모아진다. 이외에도 〈이슬〉, 〈신발〉로 이어지는 정신의 흐름은 모두 시적 특성이 정리되는 간편한 울림을 담고 있다. '육골을 갈아'의 처절한 통증을 견디고 난 후 만나는 시의 표정이나 '유서'같은 통렬한 부르짖음 혹은 '강대의 춤사위'의 미친 정신의 갈기를 날리는 바람 또는 흐느끼는 바람의 줄기에 올라탄 시인의 마음은 상상의 무한을 불러오는 주술사의 엄숙성이 춤사위로 펄럭거리는 모양에는 헌신과 절정(絕頂)의 ecstasy가 응집된다. 시는 때로 미쳐야 한다. 맨 정신으로 다가오는 것은 이미 보통사람들이 경험한 사건들이기에 감동을 줄 수가 없는 이유이다. 이를 대상과 대상에서 간격의 폭력이라 말한다. 즉 원관념과 보조관념의 사이가 멀면 멀수록 시인의 비유가 고양(高揚)되는 이치는 이미 표현의 신선미를 획득했다는 증거가 된다. 침류장편은 그런 뜻을 관철하기 위해 가급적 부수적인 말을 줄이고 응축(ditchung)의 기교-원숙의 경지에 들어가면 말은 짧아지고 의미가 증폭되는 이름을 얻을 수 있다면, 김광자의 침류장편은 그런 문을 들어선 시들이다.

3. 에필로그-정신의 줄기 찾기

시인은 인격을 가졌을 때, 바른 중심을 잡는 정신도(情神圖)를 그리는 일이다. 그렇다고 인격이 시가 되는 것만은 아니지만 정신의 줄기를 세우는 작업이 곧 시로 나아가는 길을 확보하는 일이라는 뜻에서 보면 비록 언어의 서툴음이 있을지라도 정신의 빛이 곧 시가 된다는 뜻은 강조된다.

김광자의 시는 이미지의 숲을 우회하는 특성이 있고 이런 점이 직선으로 이해를 돕는 것이 아닌 점에서 어렵다는 말도 나올 수 있다. 그러나 한 껍질을 벗기면 그 안에 알찬 의미의 노래를 만나는 일은 즐거움이다. 미처 듣지 못한 소리의 여행이나 별의 속삭임에서 꿈을 이어주는 매개자의 역할과 황혼으로 정신의 그림을 그리는 화가의 솜씨처럼 김광자의 시에는 깊이를 안으로 숨기면서 태연한 척 일상을 지나는 속 깊은 시인-그런 시의 노래가 합창을 하고 있다. 특히 침류장편의 연작시는 시의 깊이에 들어간 시인의 원숙한 정신에서 건져올린 화려한 군무(群舞)이자 폐부로 다가드는 경구의 속삭임이라는 노래- 독자는 귀를 열어 즐거움을 맛보는 일을 권하면서 해설의 책무를 벗어난다.